なしずきど 100

きみの　なしずきは、ようせいレベルなっしー。これからは　なしのようせいとして、いきていくなっしー。

なしずきど 80

きみは　なかな
なしずきなっし
な
ま
いいなっしよ。

なしずきど 50

なしの　ことは、すきでも　きらいでもないなっしなー。もうすこし　なしにきょうみを　もってくれると　うれしいなっし。

なしずきど 0

なしの　ことが　きらいみたいなっしな。でも、だいじょうぶなっしー。きみが なしを きらいでもふなっしーは　きみをきらいに ならないなっし。

2だんジャンプができる。

なしのひんしゅを　3ついじょう　いえる。

『なし』を つかってオヤジギャグがいえる。

ヒャッハー!

ふなっしーとフルーツ王《おう》国《こく》

パインかいぞくだんと　すごいおたから

小栗かずまた／作・絵
ふなっしー／監修

ふなっしーは　海《うみ》に　やって　きました。おや？　なにやら　大《おお》きな　ふろしき　づつみを　せおっています。
海《うみ》に　きたなっしー。でも、およぎに　きた　わけじゃ　ないなっしよ。
うみに　きたっしー
その　ふろしき　づつみの　中《なか》みは　なんと……

はつめいひんです。ふなっしーは、さいきん　いろいろな
はつめいひんを　かんがえては、つくっているのです。
きょうは、ひろい　すなはまで、はつめいひんの　できを
たしかめようと　やってきたのです。

はつめいひんだ!!

★なしアンブレラ
なしの　がらで　どんな　つよい　かぜにも　たえられる　じょうぶな　かさ。
★なしロケット
なしじるの　いきおいで　とぶ　ロケット。
NASHI
なしじる
ん
ぜんぶ　ふなっしーが　つくった　なっしー。

これが　ふなっしーの

★なしカー

なしじるで
コーティングされた
スポーツカー。

★デジなしカメラ

ふなっしーの すばやい
うごきも とりのがさない
こうせいのう カメラ。

★なしゴム

なしを　まぜた
ゴムで　できた
いい　においの
する　けしゴム。

★なしバーガー

パンの　かわりに
なしを　つかった
ハンバーガー。

これから
ここで
ためしてみる
なっしなー。
ふなっしー

※イチゴひめの　ことを　よく
しりたい　ひとは、『ヒャッハー！
ふなっしーとフルーツ王国《おうこく》
なぞの　ブドウまじん』を
よんでね。

いっしょに　ついてきた
おとうとの　ふなごろーと
ともだちの　イチゴひめは、
しんぱいそうです。
「お、おにいちゃん、その
はつめいひん、だいじょうぶ
なっぴか？」
「けが　しないように　気《き》を
つけてくださいね。」

ふなっしーは、
じしん　まんまんに
いいました。

だいじょうぶなっし。
ふなっしーの　はつめいひんの
すごさを　みせるなっしーー！

そして、つぎつぎと　はつめいひんを
ためしていきました。

★なしアンブレラ
なしの　がらの
くろい てんが あな
なので、雨《あま》もり する。
★なしカー
シートも　なしじるで
ぬれていて、
のりごこちが わるい。
じめ〜
★なしロケット
なしじるが
すくないと、あまり
とおくに　とばない。
ピュー
ポト…
★なしゴム
なしじるで ノートが
ぬれてしまい、
もじが　けせない。

でも、どの
はつめいひんも
どこか
おかしいのです。

がーーーん
しっぱい
っしー

★デジなしカメラ
トイレ
うごく ものを みつけ かってに しゃしんを とってしまう。
パシャパシャ
パシャパシャ
★なしバーガー
ごはんのような おやつのような びみょうな あじ。
し、しっぱいなっし〜〜。
お、おにいちゃん……。
ふなっしーには、はつめいの さいのうは なかったなっしな……。
ふなっしーが おちこんで いると、ちかくで 声《こえ》が しました。
ガクーーン
トホホ…
い、いててて……。
え？

みると、たんこぶの　できた
男《おとこ》の子《こ》が　たおれています。
そして、その　足《あし》もとには、ふなっしーが
とばした『なしロケット』が
おちているではありませんか！

い、いや。
このロケットは、おちていただけでかんけいないよ。
え？それじゃあその　たんこぶは……？
すなはまをあるいていたら、とつぜんいわかげから大《おお》きな　カニがでてきたので、おどろいてころんでたんこぶができたんだ。
カサ
カサ
うわっ。
ゴチーーン
そ、そうだったなっしか。
はつめいひんのせいじゃなかったなっしな。
ほっ
ふなっしー

「そ、それにしても、いわかげから　カニが　でてきた
だけで、ひっくりかえるほど　びっくりするなんて、
めずらしい　ひとなっぴ。」

「そ、そうなんだ。ぼくは、むかしから　おくびょうで、
ちょっとした　ことで、びっくりしてしまって……。」

男《おとこ》の子《こ》が　しゅんと　すると、

「で、でも、わたしも　どちらかと　いえば　おくびょう
ですし、気《き》に　する　ことでは　ありませんわ。」

「そうなっしー。おくびょうなんて　気《き》に　しないなっしー。」

しかし、男《おとこ》の子《こ》は ひょうじょうが
ますます くらくなり、
い、いや。
ぼくは、おくびょうな
ままじゃ だめなんだ……。

え?
ふなごろー
ふなっしー

そのとき、とおくからだれかがはしってきました。
ぼっちゃーん。
よくみると、そのひとたちはなんと——。
ん?
ダダダダ
か、かいぞく〜〜〜!?
どん
き、きみかいぞくとしりあいなっしか?
ん?しりあい……?なにをいっているんだ?

カポッ
この　かたは、おれたちのキャプテンのナップルさまだ！
ばぁーん
パインかいぞくだん　キャプテン
ナップル
こ、この　子《こ》が　かいぞくの　キャプテンなっしか？
ぜ、ぜんぜん　そんなふうには　みえなかったなっぴ。
えぇ〜っ

ふなっしーたちが　おどろいていると、
「はぁ。やっぱり　ぼくは　かいぞくの
キャプテンには　みえないよね……。」
ナップルは　ためいきを　ついて、ポケットから
一《いち》まいの　しゃしんを　とりだして　いいました。

「ぼくの　パパは、この　パイン
かいぞくだんの　キャプテンで
ゆうかんさでは　ならぶ　ものが

いないと　いわれた　大《だい》かいぞくだったんだ……。」

た、たしかに　ゆうかんそう　なっぴ。
まん中《なか》に　すわっているのが　小《ちい》さいころの　ナップル　さんね。

「ぼくは、そんなパパに ずっとあこがれていた……。」
ね、ねえパパ。
ナップル 5さい
ん?
ぼ、ぼくいつもおくびょうでみんなにからかわれているんだ。
だ、だけど、ぼくも いつかパパみたいなかいぞくのキャプテンになれるかな……?
もじもじ
もじもじ
にこっ
ポンッ
もちろんなれるさ。
ほ、ほんとに?

ああ、ナップル。かいぞくのキャプテンにとって、
いちばんだいじなことは――。
……え？
……。

だ、だけど
パパは、
びょうきで
とつぜん
なくなって
しまったんだ
……。
え？
そして、
パパの　あとを
ついで、ぼくが
パインかいぞくだんの
キャプテンに
なったんだけど、
ぼくは　おくびょう
だから、さっきみたいに
いつも　みんなに
めいわくを　かけて
しまって……。
ぼっちゃん
……。
その　ことばを
きいて ふなっしーは、
さっきの　ナップルの
ことばを　おもいだし
ました。
ぼくは、
おくびょうな
ままじゃ
だめなんだ……。
そういう
ことだった
なっしね
……。

そのとき――。

あ。

ぶるるる
ず、ずっと 海《うみ》べに いたから おなかが ひえて トイレに いきたくなっちゃった。

ナップルは、あわてて はしって いきました。

ドテーッ
かいぞくなのに、おなかも よわいなっぴか。

そして、ナップルが みえなくなると、かいぞくの ひとりが いいました。

ぼっちゃんが じしんを もてる ように なるには、きっと おたからが ひつようなんだ。

おたから……?

ああ。
かいぞくにとって
いちばん　だいじな
ことは、おたからを
みつける　こと。
ぼっちゃんは、まだ
いちども　おたからを
みつけた　ことが
ないんだ。

おたからさえ
みつけられれば、かいぞくの
キャプテンとしての
じしんが　つくはずさ。

そして、じつは　おれたち
パインかいぞくだんは、
『すごい　おたから』の　かくしばしょが
しるされた　たからの　ちずを
手《て》に　いれた　ところなんだ！

『すごい　おたから』
の　ちず？

「そう。『すごい　おたから』は、
でんせつの　大《だい》かいぞく
『キズグヤギ・ジャオ』が
かくしたと
いわれる
おたからで、
みた　ことも
ないほどの　とにかく
すごい　おたからしい……！」

すごいおたから

……！　でんせつの　大《だい》かいぞくが　かくした
ごくっ・・・
みた　ことも　ないほどの　すごい　おたから　なっしか……！
なんか　すごそう　っしー
うわ〜

そのとき、さけび声《ごえ》がきこえてきました。
うわ〜〜〜っ。
ぼ、ぼっちゃんの声《こえ》だ!!
みんながいそいでかけつけると、
どうしましたぼっちゃん!?
ダダダダ
!!
ん
スイカかいぞくだん
キャプテン
コダマス

そこには、かたほうの　目《め》に　がんたいを　して、スイカの　ような　もようの　ふくを　きた、かいぞくの　いちだんが　いたのです。

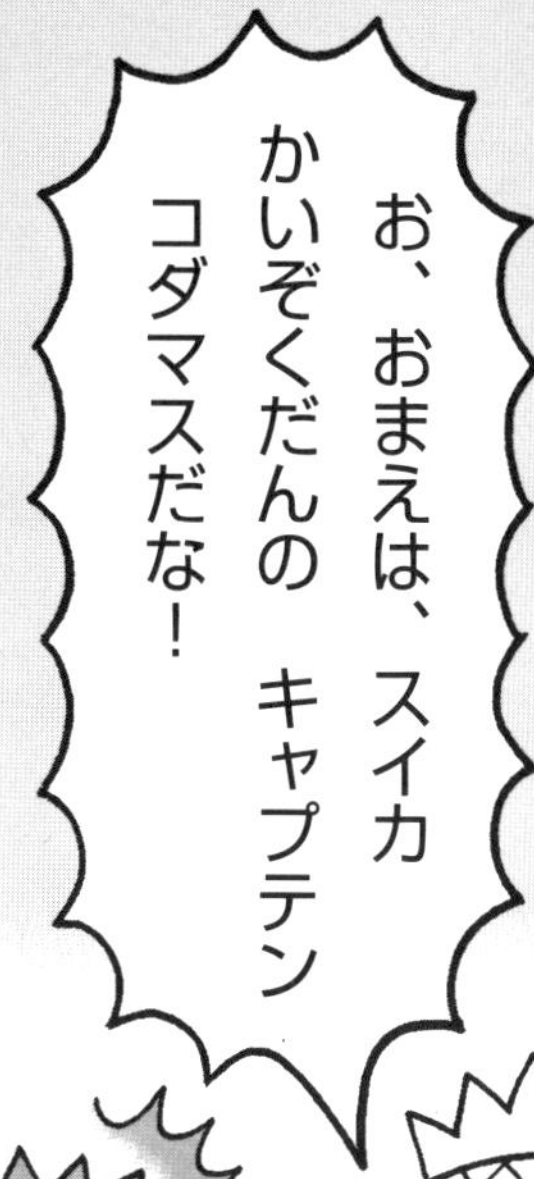

パインかいぞくだんの　ひとりが
いいました。
「ああ。スイカかいぞくだんは、いつも
ひきょうな手《て》を　つかって　おたからを
うばう、おそろしい　やつらなんだ。」
そして、大《おお》きな　たんこぶの
ナップルを　みると、

「お、おまえら、うちの　キャプテンに
なにを　しやがったんだー！」

すると、
ち、ちがうんだ。
このたんこぶは……。
え？
トイレのあと、あるいていたら、
あーすっきりした
いわかげからきゅうにこわい　かおがでてきたから、
うわ～。
おどろいてころんだだけなんだ。スイカかいぞくだんはかんけいないよ。
ゴチーン
？
ナップルが、はずかしそうにいいました。
さっきのロケットの　ときとおんなじなっしー。
2かいめっしー
ドテ

そのとき、ナップルのポケットからなにかがひらりとおちました。
ひらり
ん？

あっ。あれは！
コダマスがそれをさっとひろうと、
！！
こ、これは『すごい　おたから』のちず！
すごいおたから

やはりうわさはほんとうだったか……！
にやり
なに？
すごいおたから

「おれたちは　おまえたちが　『すごい
おたから』の　ちずを　手《て》に
いれたと　きいて、よこどり
しようと　やってきたのさ。」
そう　いって　コダマスが、
ふところから　スイカがたの
えんまくばくだんを　だして
なげると、あたりは　いちめん
みどりの　けむりに　つつまれました。

そして、けむりが　はれると、ふねで　さっていく　スイカかいぞくだんの　すがたが　とおくに　みえたのです。

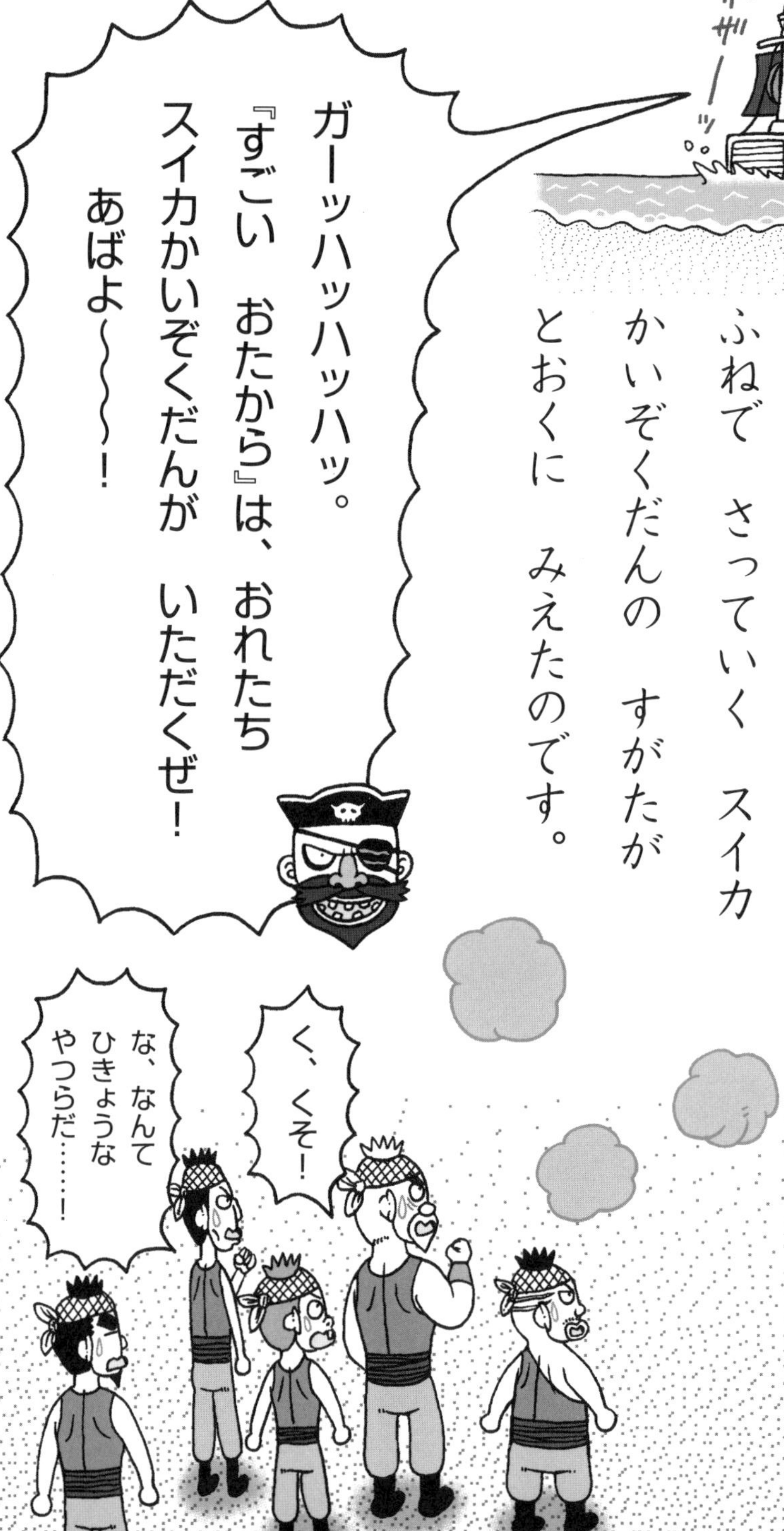

たからの　ちずを
うばわれてしまっては、
『すごい　おたから』を
手《て》に　いれる　ことは
できません。
ご、ごめん……。
せっかく　みんなが
ぼくのために
手《て》に　いれてくれた
だいじな　ちずを
……。
ぼっちゃん
……。
……。
ぼくは
パサ…
キャプテン
しっかくだ
……。
……。
ナップル
くん……。
ふなっしー
ふなごろー

パシャッ パシャッ
そのとき、どこからかシャッターをきる 音《おと》がきこえてきました。
なんの 音《おと》なっぴ?
ん?
みると、ふなっしーのはつめいした※『デジなしカメラ』でした。
※わすれちゃた ひとは 3・7ページを みてね。
パシャッ
パシャッ
あ、さっき みんながうごいた ときにはんのうして、かってにしゃしんを とっていたのですね。
はっ
そ、それじゃあもしかしたら……!
え?
ひらめいたっしー!

そして、ふなっしーが『デジなしカメラ』を
しらべると——。

ありがとう、ふなっしーくんたち。
い、いや～～～っ
よし。きめたぞ！
ぼくはパインかいぞくだんのキャプテンとして、
ぜったいにスイカかいぞくだんよりもさきに『すごい　おたから』を手《て》に　いれる！
ぐっ
ぼっちゃん！
バサッ
さあ、おたからをさがしにしゅっぱつだ～～～！
かいぞくなしになるなっしー
かいぞくとおたからさがしなんてわくわくするなっしな。
ん

こうして
ふなっしー
たちは、
パインかいぞく
だんと ともに、
『すごい
おたから』を
さがしに しゅっぱつ
したのです。

パイン かいぞく だんの ふねは 海《うみ》を ぐんぐん すすんで いきます。
ちずを みると、『すごい おたから』は、ずっと とおくの
『オタカラジマ』と いう しまに あるみたいなっしな。
すごいおたから
オタカラジマ
しゃしん
しかし、とつぜん、かんしがかりが さけびました。
うわ〜。た、たいへんだー！
え？
ふなっしー

みると、ふねの すすむ さきには、
いくつもの 大《おお》きな うずが
あったのです。

うずのめいろをつきすすめ!!

※海《うみ》の　いきものたちの　上《うえ》は
とおれないよ。

※こたえは、104ページの となりの ページに あるよ。

ふねは、ぶじに うずの 中《なか》を ぬける ことが できました。
ほっ……。
そして、まえを みると、とおくの ほうに しまが みえてきた のです。
やったなっし! もうすこしで『オタカラジマ』に つくなっしー。
ところが、きゅうに ふねが、
ドォー
と ゆれました。
な、なん なっし!?
!?

みると、なんと
うしろに
あらわれた　スイカ
かいぞくだんの　ふねが、
たいほうを　うってきたのです。

パイン
かいぞく
だんは、
あっと　いう
まに、ぬかされて
しまいました。

パインかいぞくだんも
あわてて　おいかけようと
しましたが――。
た、たいへんです！
いまの　こうげきで
ふねの　エンジンが
こわれました。
な、
なん
だって？
そして、
ふなっしーが　ふと
海《うみ》を　みると、
さらなる
、、
ききが……。
……
おや？
なんと、さっきの
たいほうの　音《おと》を
ききつけて、海《うみ》の
ギャングとも
ん

よばれる
きょうぼうな
シャチの
むれが
ふねの
まわりに
あつまって
きていたのです。

★ショーなどで　みると
かわいい　シャチだけど、
やせいの　シャチは、
しゅうだんで　クジラを
おそうほど　つよくて
こわい
いきもの
なんだよ。

こ、こんな　ときに
さいあくなっぴ〜！
ぐる
ぐる
ぐる

シャチの
むれは、ふねの
まわりを　ぐるぐる
まわりはじめ、いまにも
おそってきそうです。
そして、とうとう　一《いっ》ぴきの
シャチが、

ギラッ

イチゴひめを
みつけると、
目《め》の　いろを
かえて、

とびかかってきたのです!
がばぁっ
きゃ〜〜っ!
イ、イチゴひめ!
まさに 大《だい》ピンチ!
イチゴひめは、たべられてしまうのでしょうか?

ところが、なんと その
シャチが、イチゴひめに
子《こ》どものように、
じゃれついて
きたのです。
!!
ええ〜〜っ!?
なんでつしー!?
ポワ〜ン
あ、あなた、もしかして、シャチ太《た》?
!
ピー
やっぱり!

イチゴひめは、
なつかしそうに
いいました。
「むかし、なかまと
はぐれた　あかちゃんの
シャチを　ほごして、
そだてていた　ことが
あったのです。
そのご、大《おお》きくなり、
海《うみ》に　はなして
おわかれしたの
ですけれど……。」

そのころ、スイカ
かいぞくだんの　ふねは、
ゆうゆうと　海《うみ》を
すすんでいましたが……。
さっき、パインかいぞくだんの　ふねの
エンジンを　こわしておいたんだ。
もう　おっては　こられまい。グヘヘヘヘ。
コダマスが　よこを　みると、
いつのまにか　パイン
かいぞくだんの　ふねが　すぐ
よこに　きていました。
ドドドドド。
ん？　な、なんだ、
この　音《おと》は？
ドドドド
なにいいい〜〜っ!?

そして、
よく みると、
なんと ふねを
ひっぱって
いるのは、
シャチの むれ
でした。

コダマスたちの
ふねは、パイン
かいぞくだんの
ふねを　ひっぱる
シャチの
むれの　おこす
大《おお》なみで
ひっくりかえって
しまいました。
ざっぱーーん
やーっ。
………。
く、くそ〜。
シャチ太《た》
たちの　おかげで、
たすかりましたわ。
ありがとう♡
ドドドドド
ピー♡
そして、
あっ。
もしかして

とうとう、
ふなっしーたちの
目《め》の まえに
『オタカラ
ジマ』が
すがたを
みせたのです。

ピー
バイバーイ
ザ
シャチ太《た》たちを
みおくり、
ふなっしーたちが、
ふりかえると
そこは、
ザ
!!
こ、ここが『オタカラジマ』なっしな。
ん
ザ
なんとなくぶきみな　しまなっぴー。
みるからに
やばそう なっぴ

たからばこのような
かたちを した
きょ大《だい》な どうくつが
まん中《なか》に そびえたつ
ぶきみな ふんいきの
しまでした。

そんな
しまを　みた
ナップルが――。
どんな　ぶきみな
しまだろうと、ぼくは、
ちずを　たよりに
かならず　おたからを
みつけるんだ！
すっ
ぼ
ぼっちゃん。
じ～～ん…
すっかり
キャプテン
らしくなられて
……。
さあ、
みんな。
『すごい　おたから』を
さがしに　しゅっぱつ
だぁぁ～～！
ガタ
ガタ
ほんとうは
こわいのを　すっごい
がまんしてるなっぴ。
すっごく

こうして、
ふなっしーと
パインかいぞくだんは、
『オタカラジマ』の 中《なか》へ
はいっていきました。

★つぎの ページから、ふなっしーたちと
パインかいぞくだんは 『すごい おたから』を
さがして 『オタカラジマ』の たんけんを
はじめます。
右《みぎ》の ページと 左《ひだり》の ページで まちがい
さがしを しながら、みんなを おうえん
してあげてね。

さがしてね。

※こたえは、104ページの
となりの　ページに
あるよ。

★ひとくい花《ばな》の　上《うえ》を　つたの　ロープで　わたったなっしー。

3つの　まちがいを

さがしてね。

※こたえは、104ページの
となりの　ページに
あるよ。

★おちてくる　いわを　二《に》だんジャンプで　さけたなっしー。

5つの　まちがいを

さがしてね。

※こたえは、104ページの
となりの　ページに
あるよ。

★きけんな　つりばしを　しんちょうに　わたったなっしー。

7つの　まちがいを

ふなっしーと　パインかいぞく
だんは、いくつもの　きけんな
ばしょを　ぶじに　とおりぬけると、
どんどん　おくへ　すすんで――。

「こ、ここなっしー。」
あの　ぶきみな　どうくつに
ついたのでした。

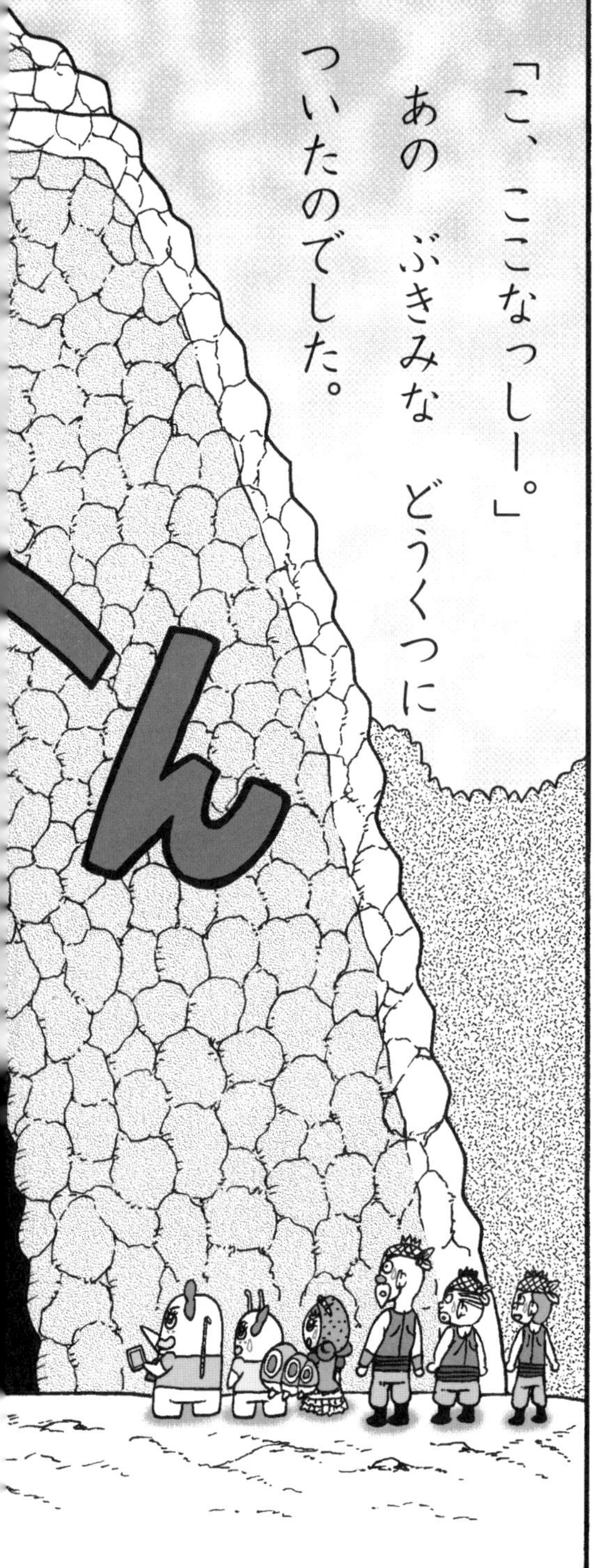

どどどー
こ、この 中《なか》に
『すごい おたから』が……!
さあ、いきましょう、ぼっちゃん。
だんいんが
ナップルを
みると……。
ぼ、ぼっちゃん……?

ぶる
ぶる
ぼ、ぼく
やっぱり　もう
むりだよ……。
ぶる
ぶる
ぶる
ぶる
ここまで
がんばってきた
ナップルも、
もう　げんかいの
ようです。
ぼっちゃん……。
……。
ふなっしー
ビュオ
オ
オ
そのとき
とつぜん、
もうれつな
かぜが
ふいて、
え？
オ
オ
みんなは
どうくつの中《なか》に
ふきとばされて
しまいました。
うわぁぁぁ
あああ。
オ
！！

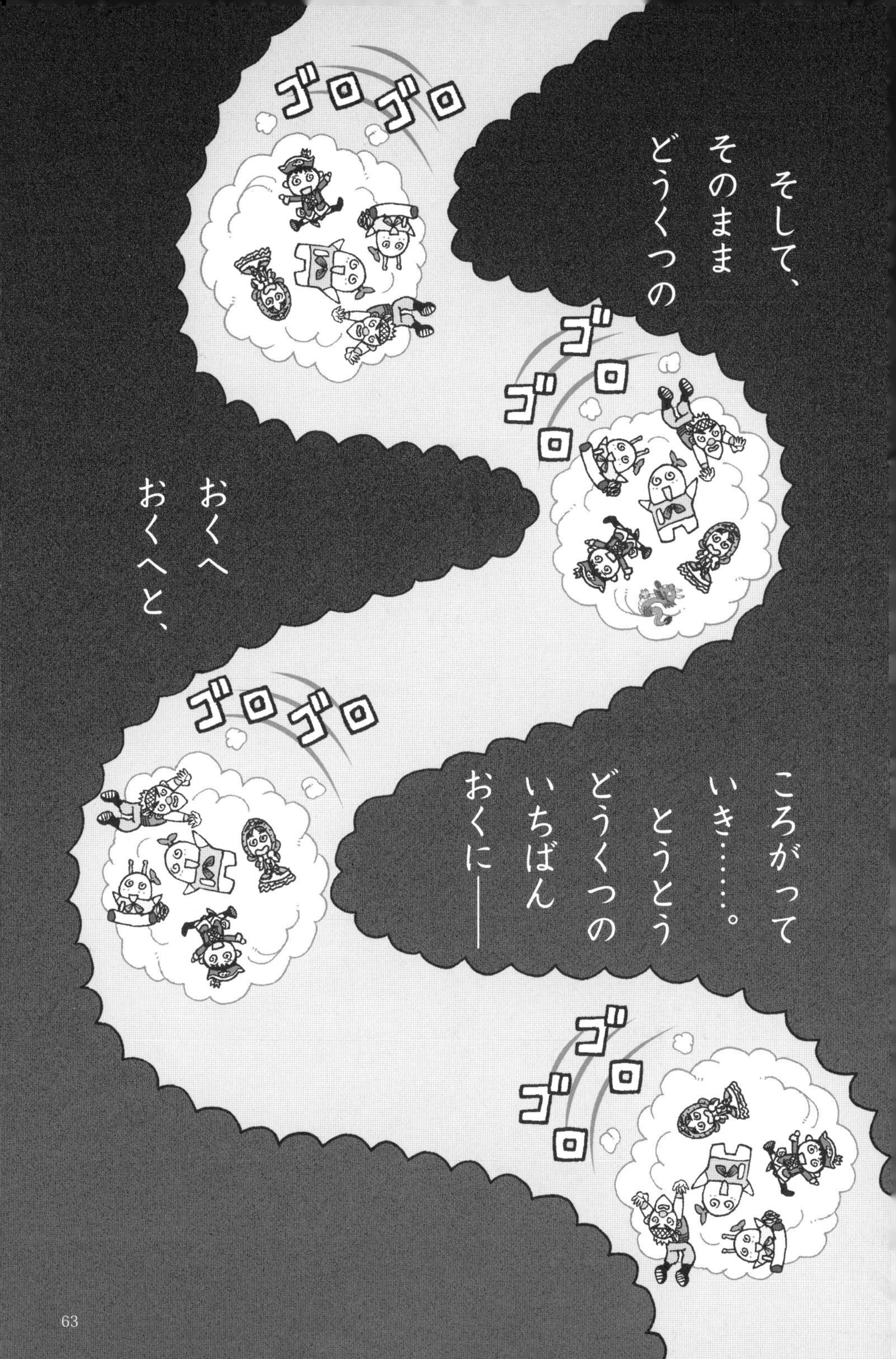

そして、
そのまま
どうくつの

おくへ
おくへと、

ころがって
いき……。
とうとう
どうくつの
いちばん
おくに——

たどりつくと、
う、う～ん。
はっ
み、みんなだいじょうぶなっしか？
ここは、どうくつのおくのようですね。
ぼっちゃん、だいじょうぶですか？
う、うん……。
キラ
キラ
それにしても、なんかまぶしいなっぴな……。
ん？
キラキラ…？
!!
あ、あれはもしかして……!!

そこに　あったのは、
みた　ことも　ないほど
ピカピカに　ひかり
かがやく　たからばこ。
そうです。
『すごい　おたから』に
ちがい　ありません。

「やったー。ついに　みつけたぞ。」
「こ、これが　でんせつの　大《だい》かいぞくが　かくしたと　いう
『すごい　おたから』なっしか……。」
みんなが　おそるおそる　ちかづいてみると、
たからばこの
うしろから、
グーグーと
きみょうな　音《おと》が　きこえてきます。

その　音《おと》を　たてて
いたのは……。
グーグー
こ、
これは……。
………！
おどろく
っしー
!!!

タコ〜〜ッ!?
おこさないように小《ちい》さなこえでおどろいたよ。
ん
グーグー

どうくつが
うすぐらくて、
気《き》が　つきません
でしたが、
そこには
たからばこを
まもるように
ねている
きょ大《だい》な　タコが
いました。

ど、どうする
なっぴー？
ひそ ひそ
だ、だいじょうぶ。
大《おお》ダコを
おこさないように、
そっと
たからばこを
とろう。
あ、ああ。
パイン かいぞくだんは 音《おと》を たてない ように、
グー
そーっと たからばこに ちかづいて いきました。
そ～～…
グー
ドキ ドキ
グー
グー
ドキ ドキ

ぼっちゃんのためにも、おれたち
こわいよ〜〜〜っ
パインかいぞくだんは、
ドキ
ドキ
ぜったいに『すごいおたから』を
ドキ
ドキ
ドキ
ドキ
ばっ
っ
手《て》にいれるんだ……！

パァン
しかし、そのときとっぜん、
え？
どうくつないに、大《おお》きなばくはつ音《おん》がひびきました。
ん？
……！これは、なんなっしー？
ネバァ〜
ふなっしーたちが、足《あし》もとをみると、ネバネバしてうごけません。
グッヘッヘッ。それはトリモチばくだんだ。

ばばばーーーん
声《こえ》の　ほうに　ふりかえってみると、そこには、コダマスたちが　いました。
トリモチは、きょう力《りょく》な　ねんちゃく力《りょく》が　あるんだ。しばらくは、うごけないぜ。
ま、また　おまえたち　なっしか！
そして、さらに　わるい　ことに　いまの　音《おと》で　大《おお》ダコが……。
ギロッ
！

う
お
お
お
お
目《め》を　さまし、
おそいかかって
きたのです。
タココ～～ッ！
（だれだ　この　おれの　ひるねの
じゃまを　したのは。）
うわああああ
ああああ。
た、たいへん
なっし！
ピンチ
フレー
や、やばい
み、
みんな！

大《おお》ダコが　パインかいぞくだんに
気《き》を　とられている　すきを
ついて、コダマスたち　スイカかいぞくだんは、
『すごい　おたから』の　たからばこを
うばって、もうスピードで
にげて　いきました。

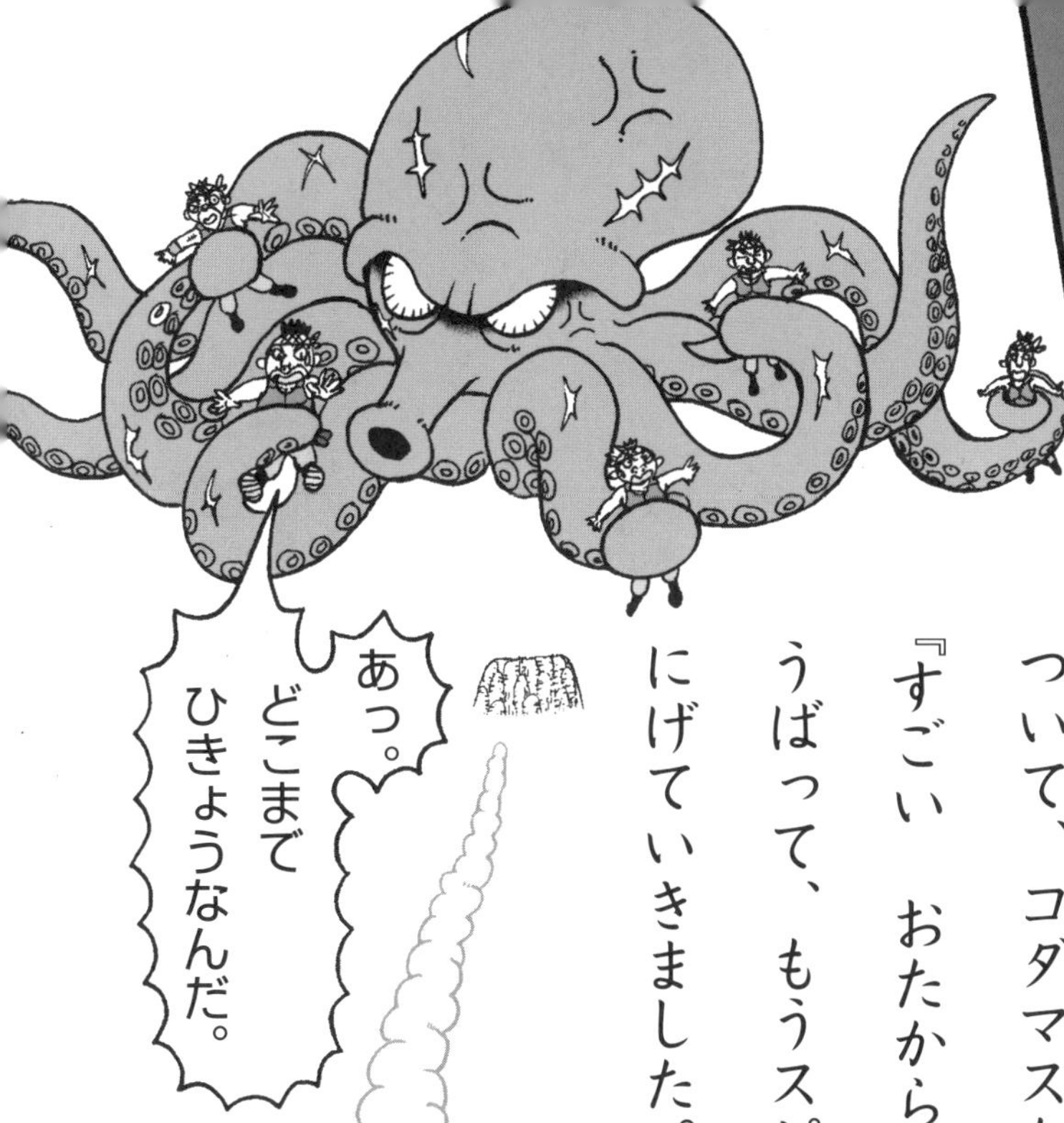

『すごい　おたから』が、うばわれた
ことに　気《き》づかずに、大《おお》ダコは、パイン
かいぞくだんへの　こうげきを
やめようとは　しません。
きょ大《だい》な　足《あし》で　だんいんを
しめあげます。

ふなっしーたちは、
まだ　トリモチの
ネバネバで
うごけません。

み、みんな……。
ぼ、ぼっちゃん……！
……。
ガタガタ
ブルブル
ど、どうしよう……！
そのとき、ナップルのこころに、
むかし　パパからおしえてもらったことばがよみがえってきたのです。
ね、ねえパパ。

ぼくも　いつか
パパみたいな かいぞくの
キャプテンに なれるかな
……？
もちろん
なれるさ。
にこっ
ポンッ
ほ、
ほんとに？
ああ。
ナップル、
かいぞくの
キャプテンに
とって
おくびょうな
ことなんか
たいした
もんだいじゃ
ない。
え？
かいぞくの
キャプテンに
とって、いちばん
だいじな　ことは――。

なかまをまもれる"ゆうき"さ……!!
ピタ…

「ぼ、ぼくが　みんなを
まもるんだ～～～！」

ナップルは、そう
さけぶと、こしの　サーベルを
ぬいて、大《おお》ダコ　めがけ
はしりだしました。

ぼ、ぼっちゃん……!
ナ、ナップルくん!
そして、みごとなけんさばきで、
タコーッ。（ぐわっ。）
大《おお》ダコの足《あし》をたたき、

ドサ
ドサ
みんなをたすけだしたのです。
ドサ
す、すごいなっぴー!!
み、みんなだいじょうぶか?
ぼ、ぼっちゃん。
!

その
ナップルの
ゆうかんな　すがたは、
まるで、せんだいの
キャプテン、
ナップルの　パパ
そっくりに
みえました。

足《あし》を　いたくされた　大《おお》ダコが、
さらに　おこって、口《くち》から　すみを
はきながら、みんなに　きょ大《だい》な
足《あし》を　ふりおろしてきたのです。

う、うわぁぁ〜。
な、なんてこうげきだ！
よし！
やっとトリモチがとれたなっし。
みんなをたすけるなっしー！
いくっしー
で、でも、あんなきょうぼうな大《おお》ダコとどうやってたたかうなっぴ？
わー

そ、そう
なっしね……。
ん？
そのとき、
ふなっしーは、
もってきていた
あの
しっぱいの
はつめい
ひんを
おもいだし
ました。
はつめいひん
……？
そして、
そ、そう
なっし！
いい　アイディアを
おもいついた
なっしー！！
ポンッ
え？
ふなごろー
ふなっ

大《おお》ダコのこうげきは、さらにはげしくなりナップルは、
み、みんな、いったん　にげるんだ! ここは
む、むりです。ぼっちゃん。大《おお》ダコにしめつけられてからだが　まだしびれています。
おれたちはとてもはしれません。
はあ
はあ
はあ
はあ
……………!
すると、
大《おお》ダコ、あいてはこっちなっしー!!

そこに、はつめいひんの『※なしカー』にのった ふなっしーと ふなごろー、そして イチゴひめが あらわれました。

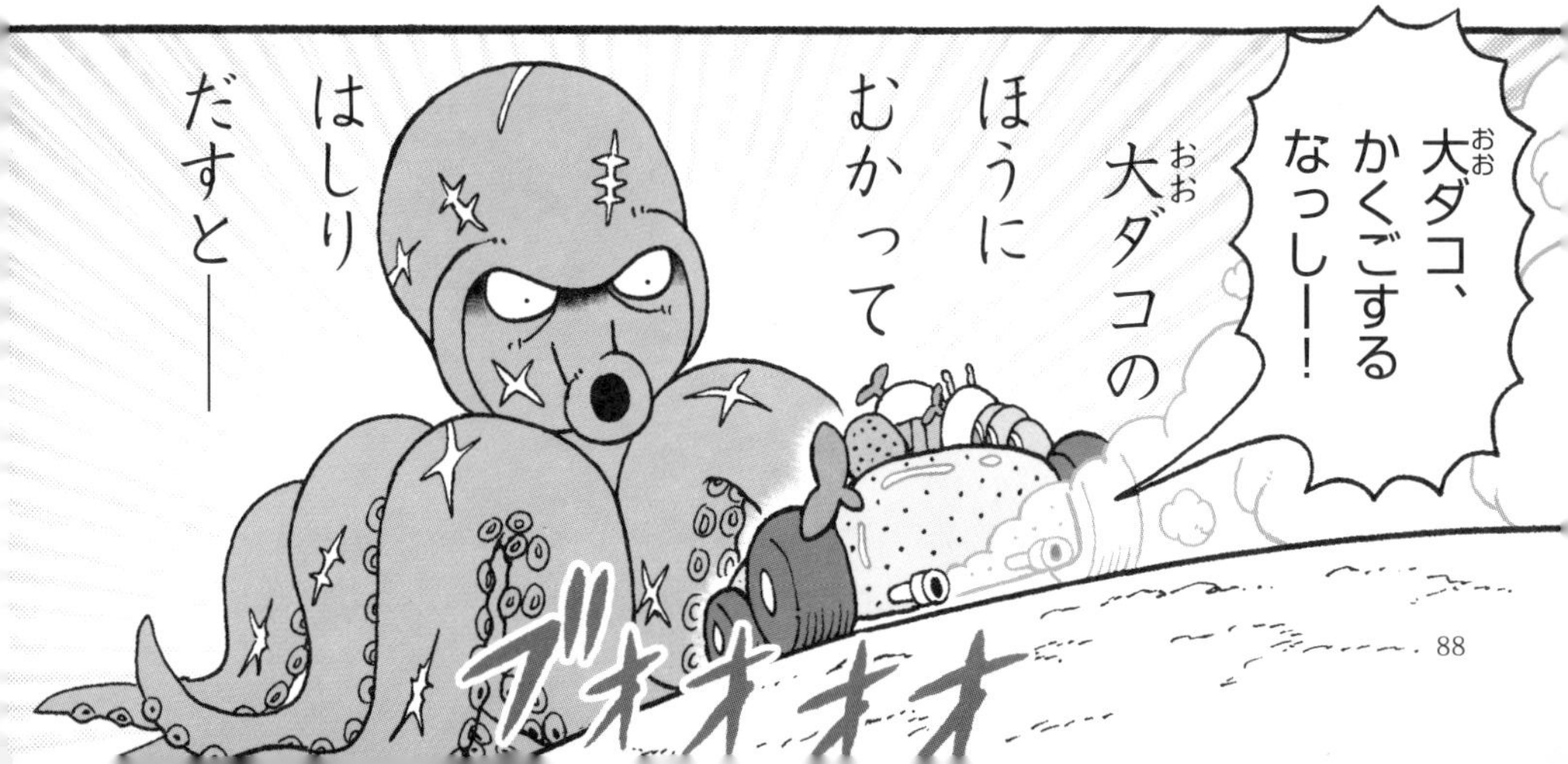

大《おお》ダコの ほうに むかって はしり だすと――

大《おお》ダコも　まけずに　きょ大《だい》な
足《あし》を『なしカー』めがけて
ふりおろしたのです。

ぬるんッ
しかし、
ぬるぬるした『なしカー』は、大《おお》ダコの足《あし》こうげきもへっちゃらです。
タ、タコ。（く、くそ。）
ぬるん
ぬるん
ぬるん
こ、これはいったい……？

この『なしカー』は車《くるま》ぜんたいがなしじるでぬるぬるしているから、
どんなこうげきもきかないなっしー！
ただし、のりごこちはさいあくなっぴ～。
どーーん

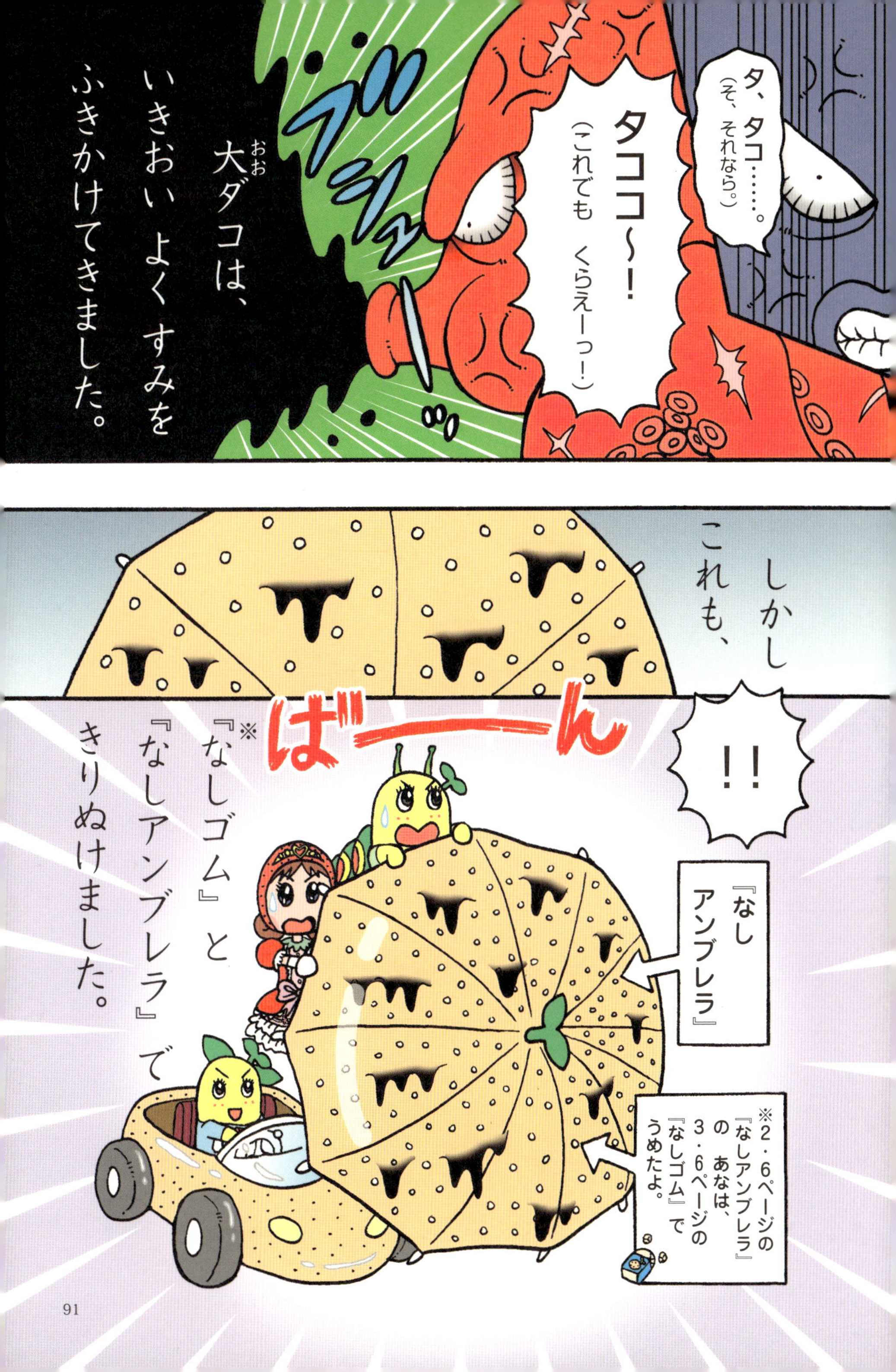
タ、タコ……。
（そ、それなら。）
タココ〜！
（これでも　くらえーっ！）
ブシュ
大《おお》ダコは、いきおい よく すみを ふきかけてきました。
しかし これも、
!!
ばーーん
『なし アンブレラ』
※『なしゴム』と『なしアンブレラ』で きりぬけました。
※2・6ページの『なしアンブレラ』の あなは、3・6ページの『なしゴム』で うめたよ。

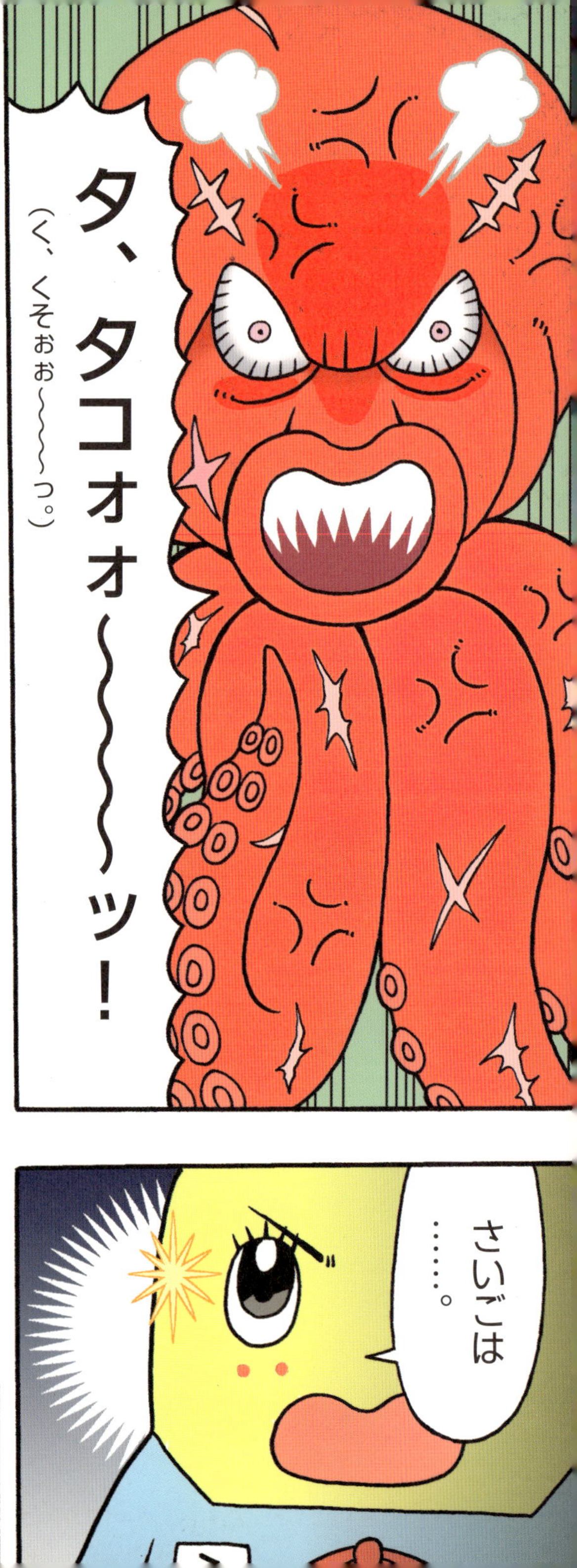

これなっしー〜〜〜！！

ふなっしーは、『なしロケット』※の
せんたんに、
なしじる

※『なしバーガー』を
とりつけると、大《おお》ダコの
口《くち》を　めがけて
なしじるで
とばしました。

※3・7ページの
『なしバーガー』

※2・6ページの
『なしロケット』が
ふなっしーの
なしじるで
パワーアップ！
2ばいも　とぶ
ように　なったよ。

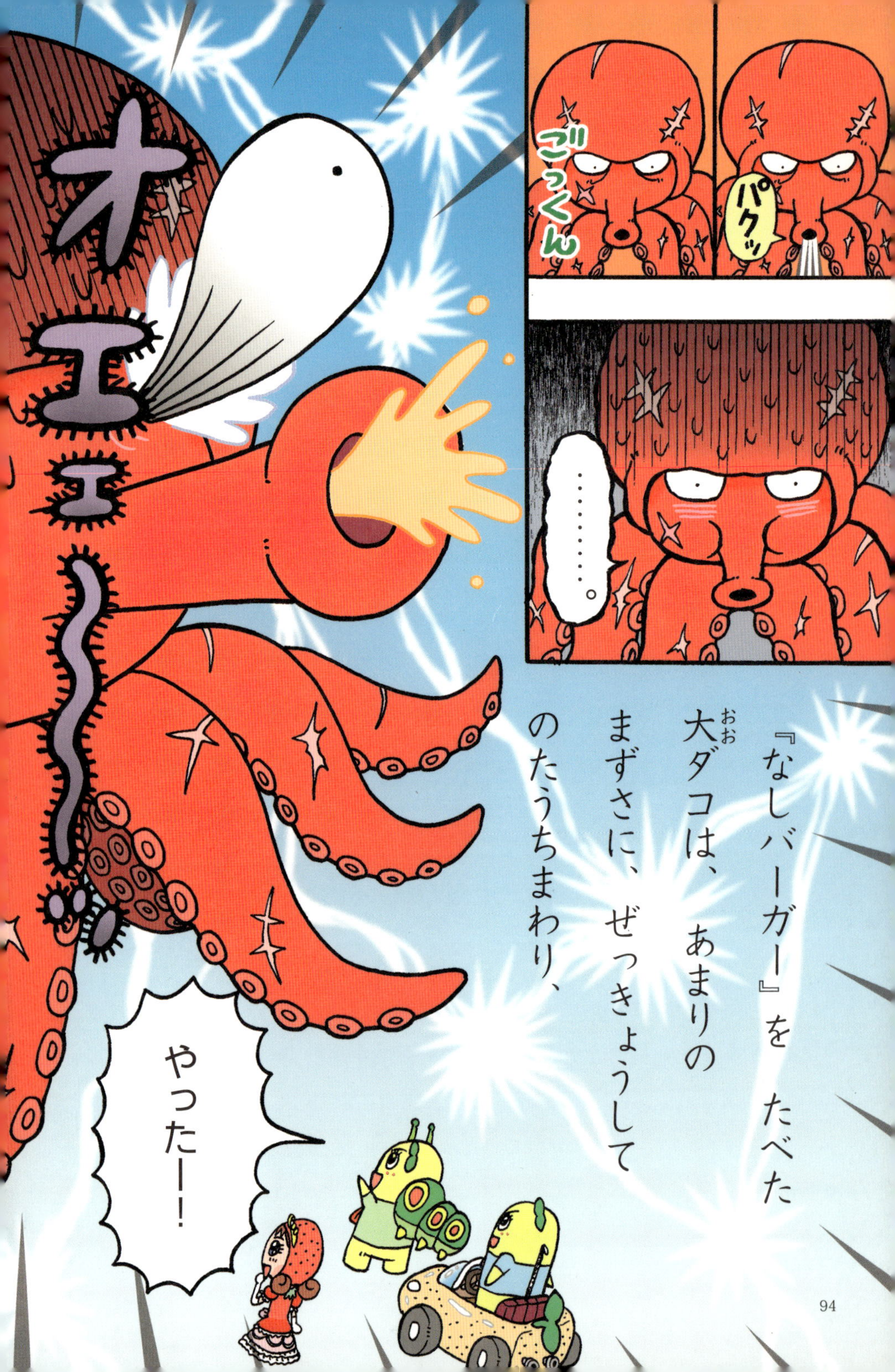

『なしバーガー』を たべた
大《おお》ダコは、あまりの
まずさに、ぜっきょうして
のたうちまわり、

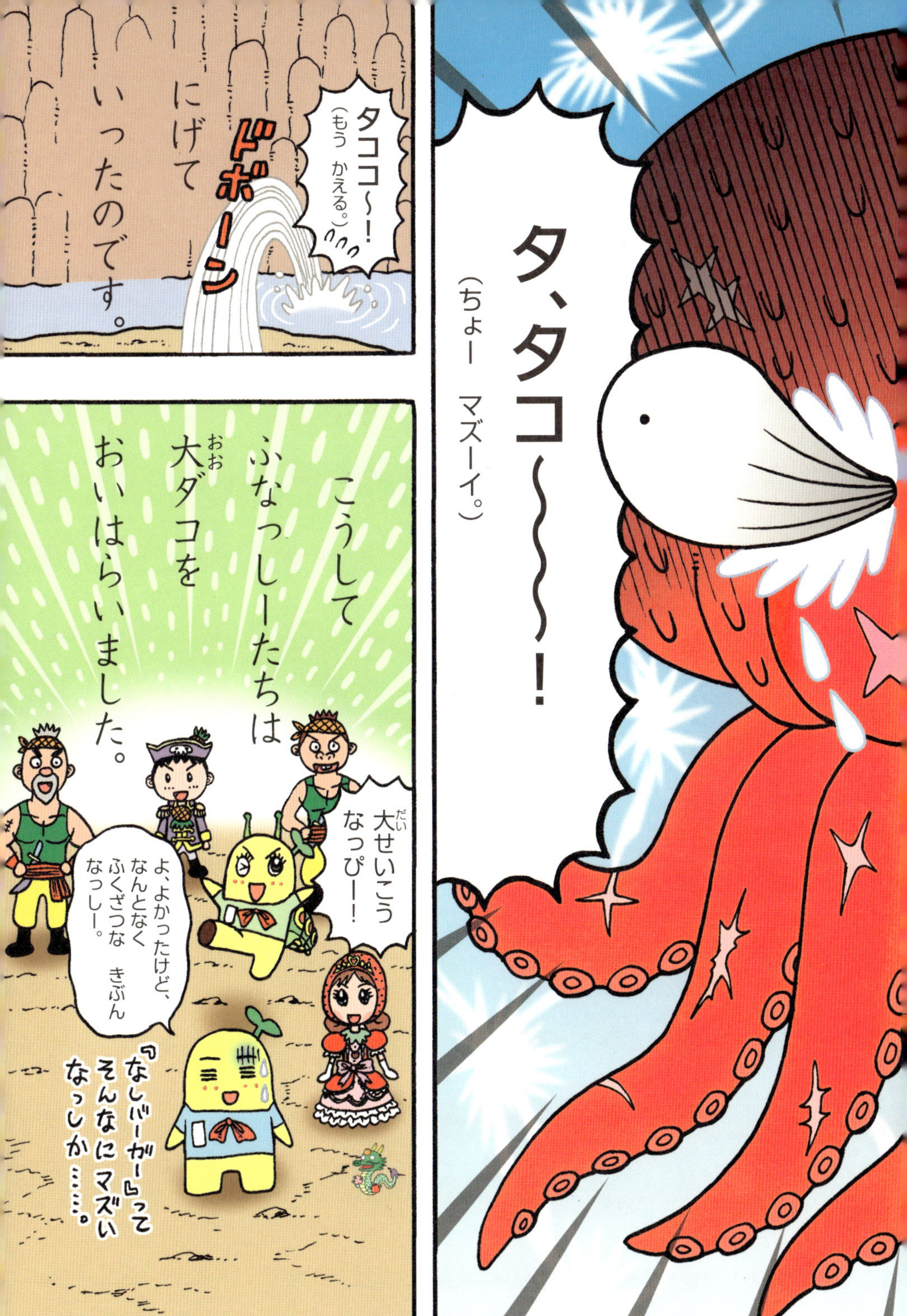

タ、タコ〜〜〜〜！
（ちょー　マズーイ。）
タココ〜〜！
（もう　かえる。）
ドボーン
にげて
いったのです。
こうして
ふなっしーたちは
大《おお》ダコを
おいはらいました。
大《だい》せいこう
なっぴーー！
よ、よかったけど、
なんとなく
ふくざつな　きぶん
なっしー。
『なしバーガー』って
そんなにマズい
なっしか……。

そして……
ぼっちゃん、すみません。『すごいおたから』をうばわれてしまって……。
そんなこといいさ。
おたからはまた
みんなでさがそう！
ばん！
……！
はい！キャプテン！
ナップルはりっぱなかいぞくのキャプテンになっていました。

ふなっしーは おもいました。
……！
『すごい おたから』は うばわれて しまった なっしが、
かわりに ナップルくんは もっと もっと すごい おたから
かいぞくの キャプテンとしての ”じしん“を 手《て》に いれた なっしなー……。

いっぽう、スイカかいぞくだんはそのころ――。
ガッハッハッハッ。
でんせつの　大《だい》かいぞく『キズグャギ・ジャオ』がかくしたと　いう『すごい　おたから』をついに　手《て》にいれたぞ！
すごいおたから
ドキ
ドキ
では、さっそくあけてみるか♡
ドキドキしながらコダマスがたからばこのふたを　あけました。

すると——。

ポツーン
そこには、コイのかたちの おすがはいっているだけでした。
え？
お酢《す》
……。こ、これってまさか。
『すごいおたから』じゃなくて、『すコイのおたから』と いう ことじゃないよな……。
お酢《す》
そ、そう いえばでんせつでは、大《だい》かいぞくの『キズグャギ・ジャオ』は大《だい》の オヤジギャグずきだったそうです。
なまえをぎゃくからよんでみよう。
なにいい〜〜っっ!?
が〜ん
お酢《す》

ぬう……

そのとき　はいごに　くろい　かげが……。

え？

どぉ〜ん
あの　大《おお》ダコ　でした。

タコタコ〜。

（よくも　おれの　おきにいりの　はこを　ぬすんだなー。）

！！

ギャアアアア。ご、ごめんなさーい。

そのご、スイカかいぞくだんは、かいぞくを　やめ、どこかの　しまで　スイカを　つくって　くらしている　そうです。

ひきょうな　ことは　やめよう……。

しょぼ〜〜ん…

トンテンカン　トンテンカン。
きょうも　ふなっしーの
いえからは、はつめいひんを
つくる　音《おと》が　きこえて
きます。
ふなっしーは、こんかいの
ぼうけんで　はつめいひんが
大《だい》かつやくしたので、すっかり
きぶんが　よくなって、

まい日《にち》　はつめいに
むちゅうなのです。
でも、まだ
まだ、しっぱい
さくも
おおいみたい
ですが……。
ヒャッハー！　やっぱり　はつめいは　たのしいなっしなー♥
めでたし　めでたっしー
おわり

ふなっしー きねんスナップ

ナップルくんは　そのご、いっぱい
おたからを　みつけて、大《だい》かいぞくとして
その　なを　とどろかせたなっしー。

著者紹介

小栗かずまた（おぐりかずまた）

東京都出身。漫画家、児童書作家。代表作に「花さか天使テンテンくん」「グータラ王子」シリーズ「にげだせ！ジョニー」シリーズなどがある。

ふなっしー

千葉県船橋市の非公認キャラクター。「船橋発日本を元気に」をスローガンに、日々世界中をとびまわっては元気と梨汁をふりまいている。

36−37ページの めいろの こたえ

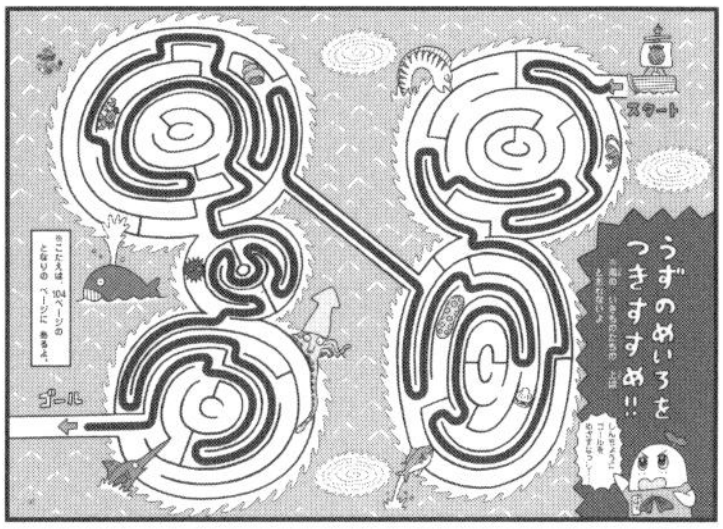
スタート
うずのめいろをつきすすめ!!
ゴール

まちがいさがしの こたえ

54−55 ページ

56−57 ページ

58−59 ページ

ヒャッハー！ふなっしーとフルーツ王《おう》国《こく》 4
ヒャッハー！
ふなっしーとフルーツ王《おう》国《こく》
パインかいぞくだんと　すごいおたから

2017年　10月　第1刷

作　者 小栗かずまた
監　修 ふなっしー
発行者 長谷川 均
編　集 浪崎裕代
デザイン 岩田里香
発行所 株式会社ポプラ社
〒160-8565　東京都新宿区大京町 22-1
振替　00140-3-149271
電話（編集）03-3357-2216
　　（営業）03-3357-2212
ホームページ www.poplar.co.jp
印刷 図書印刷株式会社
製本 株式会社若林製本工場

ISBN978-4-591-15604-9 N.D.C.913 / 104P / 22cm　Printed in Japan

落丁本・乱丁本は、送料小社負担でおとりかえいたします。
小社製作部宛にご連絡ください。電話 0120-666-553
受付時間は月～金曜日、9：00～17：00（祝祭日は除く）。

読者の皆様からの
おたよりを
お待ちしております。
いただいたおたよりは、
編集部から著者に
おわたしいたします。

アイディア　コレクション

★えいが『なしの　名《な》は。』

ある日《ひ》、なしと
洋《よう》なしの　なかみが
いれかわる
と　いう　えいが。

★なしヌンチャク

なしが　さきに
ついている
かっこいい　ぶき。

★スナーシフォン

スティーブ・ナシズと
いっしょに　つくった
スマートフォン。

★めざなしどけい

なしの　かたちの
かわいい　めざまし
どけい。

おはなしの
中《なか》に　でてきた
いがいにも、
ふなっしーは
こんな　ものを
かんがえた
なっしー。

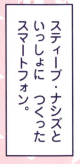